8 yth 17562

Paris
1814

Schiller,   Frederich von

Jeanne d'Arc

LE
TRIOMPHE DES LIS.

JEANNE D'ARC
ou
LA PUCELLE D'ORLÉANS.

LE
TRIOMPHE DES LIS.

~~~~~~~~~~~~~~~~~~~~~

JEANNE D'ARC

OU

LA PUCELLE D'ORLÉANS,

Drame en cinq Actes et en vers,

IMITÉ DE LA TRAGÉDIE ALLEMANDE DE M. SCHILLER,

Traduite en français et en prose par M. C. F. CRAMER,
Edition de M. L. S. MERCIER, de l'Institut national à
Paris ;

PAR J. AVRIL, DE GRENOBLE,

Ex-Inspecteur du service des subsistances militaires aux Armées.
A Leipsick, le 20 Mars 1814.

A PARIS,

Chez BACOT, Libraire, au Palais-Royal,
Galeries de bois, N.° 252.

———————

L. P. DELRAY, Imprimeur, rue Ventadour, N.° 5.

~~~~~~~~~~~~~~~~

OCTOBRE 1814.

OBSERVATIONS PRELIMINAIRES.

M. Schiller, le poëte allemand le plus célèbre, reçu à l'Institut de France, et l'auteur de la tragédie allemande de Jeanne d'Arc, semble avoir voulu payer, par cette pièce, son tribut de reconnaissance à la Nation française, de l'avoir associé à cette auguste assemblée des premiers talens. M. Schiller, en travaillant à cette tragédie, n'a point observé l'unité de temps ni l'unité de lieu ; en cela, il a suivi les usages reçus en Allemagne et en Angleterre, où l'on ne s'arrête pas à cette règle de si grande rigueur dans la tragédie française. Au fait, cette règle qui a toujours si fort contrarié nos meilleurs auteurs, les a souvent forcés à n'exprimer que par des narrations longues et fastidieuses quelquefois, ce qu'ils auraient pu mettre en action avec le plus grand avantage. Si l'on convient que cette observance de la règle ne saurait avoir lieu sans nuire à l'intérêt de la pièce, eh ! pourquoi se gêner...? On me dira que vaincre cette difficulté est le dédommagement d'un auteur, par ce qui lui en revient de mérite et de gloire ! mais si, pour vaincre cette difficulté, il a été jusqu'ici reconnu que le sujet d'une pièce a toujours perdu de son intérêt, ne puis-je pas répondre que l'auteur s'est donné beaucoup de peine et de travail, sans satisfaire davantage le public, dont le plaisir eut été plus vif et plus parfait, par le jeu des personnages mis en action. Ainsi donc, je le répète, eh ! pourquoi se gêner...? Quand, pendant ma captivité, je me suis occupé à mettre en vers la traduction, aussi littérale qu'il m'a été possible, de la tragédie de Jeanne d'Arc, j'ai voulu, par un retour d'hommage et de reconnaissance envers son auteur, je dirai même envers la Nation allemande, où j'ai trouvé des ressources que je n'osais pas espérer, j'ai voulu, dis je, suivre les mêmes principes qu'a observés M. Schiller. Ainsi donc, le Drame que j'ai l'honneur de présenter au public, manque à la règle française par l'unité de temps et de lieu; mais si la règle en est blessée, j'ose espérer que le public, en général, n'en sera pas moins satisfait. Je déclare, au surplus, que je respecte infiniment la règle, son auteur et les rigoristes qui en sont les dignes observateurs ; et si leur clémence pouvait être invoquée par la promesse que je leur fais de ne plus *transgresser* les lois dramatiques, ah ! je les supplie, avec Jeanne d'Arc et Sorel, de pardonner mes erreurs et mes observations, et je leur jure de ne plus écrire, ou d'observer les formes.

N. B. J'observerai aux personnes qui pourraient être choquées des expressions que je me suis permises contre les Anglais dans cette pièce, qu'il suffit seulement de se reporter à l'époque

du sujet, et l'on sera convaincu que ces expressions n'ont trait qu'à la foi de notre religion qui
s'étend jusque sur les dogmes; malgré cette observation, s'il était quelqu'un qui pût penser au-
trement, je répondrai, avec le digne instituteur
de l'ordre de la Jarretière... : *Honni soit qui mal
y pense !...*

Quelques personnes, et peut-être beaucoup,
seront également choquées de me voir employer
le mot *pucelle*; mais, en parlant de Jeanne d'Arc,
si, comme on en conviendra, l'usage a consacré
l'emploi de cette expression, j'ai donc pu m'en
servir. D'ailleurs, j'ai tâché de prévenir toute
allusion par la manière dont je l'ai mis en usage;
ainsi je crois n'avoir à redouter à ce sujet que la
critique des mauvais plaisans; aussi, ajouterai-je,
pour cette seconde observation comme pour la
première : *Honni soit qui mal y pense !...*

PERSONNAGES.

CHARLES VII, Roi de France.

PHILIPPE, duc de Bourgogne, { désigné dans la pièce par les deux noms, de Philippe et de Bourgogne indifféremment.

L'Archevêque de Reims.

AGNÈS SOREL, amante du Roi.

Le Comte de DUNOIS, fils naturel du feu duc d'Orléans.

LAHIRE,
DUCHATEL, } Officiers du Roi.

RAOUL, Chevalier lorrain.

CHATILLON, Chevalier bourguignon.

Trois Echevins d'Orléans.

JEANNE D'ARC, ou la Pucelle d'Orléans.

L'Ombre du duc de BOURGOGNE, père de Philippe.

TALBOT, Général en chef des Anglais.

LIONNEL.,
FASTOLF, } Chefs anglais.

MONTGOMMERY, Anglais de la province de Galles.

Un Héraut anglais.

Pages
Soldats } français et anglais.

Peuple.

Valets.

Personnages muets pour la Fête du Sacre.

Grands de la Cour de France.

Évêques.

Maréchaux.

Magistrats de la ville de Reims.

Chevaliers français et bourguignons.

Deux Dames de la Cour de Charles.

LE TRIOMPHE DES LIS.

JEANNE D'ARC

ou

LA PUCELLE D'ORLÉANS.

ACTE PREMIER.

La Scène est au château de Chinon, à quelque distance d'Orléans.

SCENE PREMIÈRE.

DUNOIS, DUCHATEL.

DUNOIS.

C'en est fait, Duchâtel, je quitte ce séjour,
Où Charles, n'écoutant que son frivole amour,
Languit aux pieds d'Agnès et s'occupe de fêtes,
Lorsque ses ennemis, poursuivant leurs conquêtes,
Vont bientôt lui ravir les restes d'un Etat
Sur lequel il pouvait régner avec éclat.
A cette chute, ô ciel! me faudra-t-il survivre...?
Mon bras est tout à lui..., mais je ne saurais vivre

1

Dans les jeux, les plaisirs, quand il faudrait courir
A la gloire, aux combats, et savoir y mourir!
    L'ennemi, triomphant en deux grandes batailles,
D'Orléans, est venu jusque sous les murailles....
Dans le sein de la France, à présent établi,
Il ne redoute plus Charles trop affaibli....
Mais Charles doit-il donc renoncer à la gloire?
Sans un nouvel effort passerait-il la Loire?
Baudricourt nous annonce un renfort de Lorrains;
On peut, par ce secours, en revenir aux mains;
Et peut-être qu'alors, le ciel, dans sa justice,
Secondant le bon droit, nous deviendra propice.
Les Anglais ne sont mus que par l'ambition;
Chez la Reine et le Duc ce n'est que passion!
La cruelle Isabeau, femme et mère homicide,
Et Philippe, ce Duc si lâchement perfide,
Armant contre le Roi, voudraient le détrôner!
C'est un jeune Breton qu'ils veulent couronner!!!
Dieu puissant, dont je tiens ma force et mon courage,
Daigne m'en accorder mille fois davantage;
Tu ne peux tolérer si grande atrocité,
Et pour Charles, mon Dieu, j'implore ta bonté....
    (*avec enthousiasme et comme en inspiration*).
Des Talbot, Lionnel, Salisbury, Philippe,
Je crois voir que l'armée en fuite se dissipe;
Un ange protecteur, du côté des Français,
Y sème le trépas et l'éloigne à jamais!!!
Je ne suis point jaloux d'un si grand avantage,
Mais, fais au moins, grand Dieu, que Dunois le partage.

DUCHATEL.

Prince, voici le Roi.

SCENE II.

CHARLES, DUNOIS, DUCHATEL.

CHARLES.

Le Connétable part.
Inquiet et jaloux, il mettait tout son art
A dominer sur tous..., mais il quitte la place.

DUNOIS.

Sire, en ce jour, pour vous, j'y vois une disgrace.

CHARLES.

Parles-tu franchement ...? vous n'étiez point amis...

DUNOIS.

Il ne me comptait pas parmi ses ennemis...
Si je le juge bien..., l'Etat est peu prospère...,
Il part..., ne voyant plus qu'un espoir éphémère.

CHARLES.

Encor un trait piquant dont Dunois est l'auteur.
(à Duchâtel).
Le Roi René m'a fait le plaisir très-flatteur
De m'envoyer des arts le suprême mérite ;
Envers ces grands talens il faut que je m'acquitte ;
De la danse et du chant ils enlèvent le prix ;
Et de riches cadeaux ! (à Dunois) mais pourquoi
donc ces ris ?

DUNOIS.

Hélas ! de Duchâtel je préviens la réponse.

DUCHATEL.

Sire, aux moindres cadeaux il faut que l'on renonce.
Sans argent, ni bijoux....

CHARLES.

              On ne peut égaler
Ces artistes fameux... ! pourraient-ils s'en aller
Sans un seul souvenir...? Ah! ces rois du théâtre
Sont plus heureux que nous..., la fortune marâtre
Nous traite souvent mal; eux, par leurs arts charmans,
Sont de vrais souverains entourés d'agrémens !
Je sens bien, comme Roi, le prix d'une couronne,
Mais, sans les doux plaisirs, eh! qu'importe le trône?
Les applaudissemens, suivant par tout leurs pas,
Ils charment, sont charmés..., quel sort a plus d'appas ?
N'est ce pas là régner...? Félicité si pure
Qui les fait égaler l'auteur de la nature,
On peut bien t'envier... ; voyons à leur offrir...
Eh bien! cher Duchâtel .. ?

           DUNOIS.

        Ah! qu'il me fait souffrir...

          DUCHATEL.

Je sais, pour les talens, votre munificence,
Mais je ne puis garder plus long-temps le silence :
Sire, de vos trésors, il ne vous reste rien.
A l'envi, vos amis ont consommé leur bien.
Vous le dirai-je, enfin, que ma peine est extrême,
Et que, passé ce jour, je n'ai rien pour vous même.
La solde est en retard, sans espoir d'aucun don,
Je crains, de vos soldats, un entier abandon.

          CHARLES.

Il faut faire un emprunt,
     (*Duchâtel fait un signe qui témoigne l'inuti-*
      lité de cette mesure).
                renouveler les fermes.

DUCHATEL.

Pour trois ans à venir j'en ai reçu les termes.

CHARLES.

Mais il existe encor d'autres biens, d'autres droits ?

DUNOIS.

Que les Anglais ont fait le prix de leurs exploits.

DUCHATEL.

Il nous reste Orléans.

DUNOIS.

Après quoi, votre maître,
A côté de René, peut dignement paraître.

CHARLES.

Toujours, Dunois, toujours de la causticité !
Oui, j'aime ce bon Roi, dont la félicité
Fait mon plus grand désir ; j'ai souvent eu l'envie,
Comme lui, de passer les restes de ma vie...
C'est un vrai patriarche..., aujourd'hui j'en reçois
Un don qui m'est bien cher... ! cependant je conçois
Qu'un Roi doit préférer le sceptre à la houlette...
Mais son cœur est si pur, qu'il se fait une fête
De nous renouveler ces innocens plaisirs
Dont nos premiers auteurs faisaient tous leurs désirs.
Comme l'amour, toujours, électrise les ames,
Plein d'une belle ardeur, de respect pour les dames,
De galans chevaliers il se forme une cour,
Et René m'a choisi pour le prince d'amour !

DUNOIS (*après avoir réfléchi quelques momens*).

Mon cœur n'a point encor reconnu ta puissance,

Amour, mais c'est à toi que je dois la naissance;
C'est de toi que je tiens ma fortune et mon rang;
D'Orléans le fameux je suis le noble sang.
Ce guerrier redouté des Princes et des belles,
Vainqueur dans les combats, ne vit point de cruelles.
Amour, Dunois aussi doit ressentir tes feux!
Mais la beauté, toujours, repousserait ses vœux,
Si, par quelques exploits, franchissant la barrière,
Dunois ne promettait une illustre carrière.
Charles, à votre ami je veux faire ma cour;
Que je sois chevalier de son prince d'amour...!
Et que chacun armé pour sa dame et la France,
Sur l'amour et la gloire assure sa puissance;
Que tous vos ennemis, surpris de vos lauriers,
Vous nomment le plus grand de tous les grands guer-
riers.

SCÈNE III.

CHARLES, DUNOIS, DUCHATEL, un Page.

LE PAGE.

Sire, des Députés demandent audience,
Ils viennent d'Orléans.

CHARLES.

Que je crains leur présence.
Sans doute ils sont venus demander du secours.
(il fait signe d'entrer).

SCENE IV.

CHARLES, DUNOIS, DUCHATEL, trois Echevins d'Orléans.

CHARLES.

Eh bien! mes chers vassaux, puis-je espérer toujours

Qu'Orléans se défend , et que , pleins de courage ,
Mes fidelles sujets feront tête à l'orage.

UN ÉCHEVIN.

Sire, nos citoyens réunis aux soldats,
Ont défendu leurs murs et tenté les combats ;
Nous avons balancé le sort de trois batailles,
Quand nous avions encor le valeureux Saintrailles !
Mais l'ennemi vainqueur, malgré tous nos efforts ,
Disputés pas à pas, s'est emparé des forts,
Et , s'avançant toujours plus près de nos murailles ,
Nous fait plus regretter la perte de Saintrailles.

CHARLES.

Saintrailles mort ! ah Dieu !

LE MÊME ÉCHEVIN

Depuis lors tous les maux
Semblent nous accabler. On ne voit que tombeaux.
Tel périt par le fer, tel autre par famine ,
Et tel autre s'annonce à sa mauvaise mine.
Dans un pareil état connu des ennemis,
Ils veulent qu'Orléans leur soit bientôt soumis ;
Et notre Gouverneur , comte de Rochepierre ,
Remet, dans douze jours , la place à l'Angleterre,
Si, pendant ce délai, Sire , il ne paraît pas
Que vous vous présentiez à de nouveaux combats.

SCENE V.

CHARLES, DUNOIS, DUCHATEL, les trois
Echevins d'Orléans, un Chevalier.

(Le chevalier parlant bas à Dunois),

CHARLES.

Que dit ce Chevalier?

DUNOIS.

Que les auxiliaires,
Sire, les Ecossais, ces braves militaires,
Sont prêts à s'en aller, s'ils ne reçoivent pas
Tout ce qui leur est dû. Le comte de Douglas
Par moi vous en prévient.

CHARLES.

Ah ! quel état de crise,
Dont je ne puis avoir plus long-temps la méprise...
Hé ! comment les payer... Duchâtel, avons-nous?...

DUCHATEL

Sire, je vous l'ai dit, vous n'avez pas pour vous.
Les fermes et vos biens ont été mis en gage ;
J'ai vendu les bijoux; j'ai tout mis en usage :
Enfin, dans cet état, affreux sans contredit,
Des plus ambitieux j'ai lassé le crédit.

CHARLES.

Ah ! pour les retenir, dans cet instant critique,
Dunois, vas employer toute ta politique.

(*Charles apercevant Agnès, retient Dunois
comme involontairement*).

SCENE VI.

CHARLES, DUNOIS, DUCHATEL, les trois
Echevins d'Orléans, un Chevalier, AGNÈS
SOREL.

AGNÈS (*une cassette à la main*).

O roi chéri...! Dunois...! est-il vrai Duchâtel...?

DUCHATEL.

Il est trop vrai, Madame, et le coup est mortel...

Le Roi se trouve , hélas ! en si grande détresse,
Qu'il ne peut obvier à ce mal qui le presse.

AGNÈS (*ouvrant la cassette*).

Hé ! que me font dès-lors tous ces vains ornemens ?
Charles , quand je t'aimai, ce fut par sentimens.
Je possède ton cœur ! et ton Agnès t'adore !
A la postérité que son amour l'honore !

(*Elle tire un écrin de la cassette , et le remet à Duchâtel*).

Prenez, cher Duchâtel , oui , prenez cet écrin.

(*Elle sort de la cassette plusieurs autres bijoux ,
qu'elle y remet ; elle en tire plusieurs papiers , et
elle donne la cassette avec les bijoux à Duchâtel*).

Prenez tous ces bijoux que m'a vendu Berquin.

(*Elle remet encore à Duchâtel les papiers qu'elle a
sortis de la cassette*).

Voici plusieurs contrats... allez chez mon notaire,
Du reste de mes fonds il est dépositaire;
Faites de l'or !... Payez, armez en vos soldats ,
Et , pleins d'un noble espoir, volons tous aux combats.

CHARLES.

Et nous en reviendrons aussi tous pleins de gloire.
Tant de vertus, amis , présagent la victoire !
J'accepte tes bienfaits , Sorel , mais ton amant,
Pour te remercier, veut un autre moment.

(*Charles va cueillir une immortelle à un vase de
fleurs , et l'offre à Agnès*).

Cependant, en ce jour, reçois cette immortelle ,
Je l'offre à la plus noble et comme à la plus belle !
Je crois aussi , Seigneurs , pouvoir vous avouer
Jusqu'à quel point je dois l'aimer et la louer !

Depuis que, de mon cœur, Agnès est la maîtresse,
Ses vœux se sont bornés à ma seule tendresse;
Est-il ame plus pure entre tous les Valois ?
Tu méritais, Agnès, de naître chez les Rois !
De la beauté, déjà, tu reçus la couronne ;
Brillante de vertus, ta place est sur le trône !

DUNOIS.

Madame, on doit louer vos nobles sentimens,
Que, déjà, Charles paye en de beaux complimens...
J'aime à croire qu'un jour, en meilleur fortune...
Dans tous les cas, la mienne à la vôtre est commune.

AGNÈS.

Charles, Dunois, j'en crois et mon cœur et nos bras ;
      (à Charles).
Oh ! oui, mon bien aimé, parais, et tu vaincras... !
Et pour encourager chacun à la vaillance,
Du malheureux soldat partageons la souffrance.
Tu dois reconquérir les biens de tes aieux,
Jusques-là n'ayons plus d'autre abri que les cieux !

CHARLES (en souriant).

Jadis, on m'a prédit ma triste destinée,
Mais on m'a dit aussi que viendrait la journée,
Où, guidé par la main d'une jeune beauté,
Charles reparaîtrait brillant de majesté !
Si l'amour me garda cette grande ressource,
Ah ! je me fais honneur d'en bien aimer la source.

AGNÈS (se mettant à genoux).

Entends mes vœux, ô ciel... ! donne-lui ton appui,
Je sens trop que je n'ai qu'à te prier pour lui...
      (se relevant).
Charles, sans doute une autre aura cet avantage ;
Elle unira la force au plus noble courage ;

Tu vaincras par son bras ,
  (*se retournant vers Dunois et Duchâtel*).
   et ceux de tes amis ! ! !

CHARLES (*il donne à Agnès un baiser sur le front*).

J'ai su que la discorde entre mes ennemis ,
Ces fiers Lords et le Duc , allait presqu'au délire ;
Vers Bourgogne , aussitôt , j'ai député Lahire ;
Je crois à cet espoir , et j'attends son retour.

  DUCHATEL (*allant à la fenêtre*).

Un Chevalier arrive... , il descend dans la cour.

SCENE VII.

CHARLES, DUNOIS, DUCHATEL , AGNÈS, les
trois Echevins d'Orléans, un Chevalier ,
LAHIRE.

   CHARLES.

Ah! c'est Lahire. Eh bien ?

   LAHIRE.

    Sire , mon long message
Est l'indice trop sûr d'un malheureux présage.
J'ai vu votre cousin... ; ce Duc fier et cruel ,
Avant que de traiter , demande Duchâtel.
Ce rebelle à vos lois , dans sa sombre colère ,
Me nommait Duchâtel l'assassin de son père :
J'ai vu qu'il eût été lui-même son bourreau !
Je lui proposai donc , sur le pont de Montreau ,
Où son père mourut d'un coup de cimeterre ,
De finir , entre vous , cette cruelle guerre...
J'ai cru que cet excès de rare loyauté ,
Ramènerait son cœur à votre Majesté !
Mais non. Sous Orléans , dit-il , je vais me rendre ,

Où, pour ce grand combat, ton maître peut m'attendre.
Il est pourtant certain que Talbot, ce fier Lord,
Avec votre cousin est rarement d'accord ;
Avec lui, quelquefois, il comble la mesure ,
Et tout annonce , entr'eux, une prompte rupture.

CHARLES.

Lahire...., as-tu sondé l'esprit du Parlement... ?

LAHIRE.

Au nouveau Souverain il a prêté serment.

CHARLES (avec embarras).

Tu n'as pas négligé de parler à ma mère ?

LAHIRE (après quelques momens d'hésitation).

Sire, elle en a perdu le sacré caractère,
Quand, sur Lancastre enfant, au sacre, à Saint-Denis,
Elle a voulu fixer les esprit désunis :
Français , dit-elle , enfin , j'ai placé sur le trône
Ce rejeton royal de la race bretonne...
Le sort, pour mon malheur, m'unit à Charles six ;
Son esprit délirant s'étendit à ses fils...
Quand le sang des Valois est perdu pour la France,
Elle ne peut former de plus noble alliance !....
Bourgogne, après ces mots , fléchissant les genoux,
A prêté le serment qu'il ne devait qu'à vous.

CHARLES.

Mère dénaturée !

DUNOIS (à part).

O femme parricide ,
Tu naquis aux Enfers, du sein d'une Euménide.

CHARLES (aux Députés d'Orléans).

Vous l'avez entendu...! vous connaissez mon sort !
Députés d'Orléans...

UN ÉCHEVIN (*avec vivacité*).

Ah ! Sire, il n'est effort
Que ne fasse pour vous cette ville fidelle!

CHARLES (*avec la plus profonde douleur*).

Eh ! que puis-je espérer ? quand ma mère rebelle
Aux plus saints des devoirs, outrage impunément
Et la terre et le ciel..., mais ce ciel, sûrement,
Des crimes d'Isabeau voulant punir sa race,
Fait retomber sur moi l'effet de sa disgrace.
Français, braves Français, j'obéis à sa loi,
De même, obéissez à votre nouveau Roi...
Tant de sang a coulé..., c'est par trop en répandre,
Pour conserver un rang dont il me faut descendre.
J'abandonne ces lieux, chers amis, c'en est fait ;
Par ma soumission, grand Dieu, sois satisfait.

DUNOIS.

Non, Dieu ne peut vouloir, Sire, que votre race,
Du trône des Valois, abandonne la place ;
Son culte est méconnu des Anglais criminels !
Les forfaits d'Isabeau lui sont tous personnels !
Et ce Dieu qui, si bien, a pénétré votre ame,
Va, d'un espoir plus sûr, fortifier la flamme,
Car il m'inspire, à moi, de rester dans ces lieux.

AGNÈS.

Moi, j'y vois tes enfans au rang de tes aieux !

DUCHATEL.

(*à part*).   (*haut*).
Et j'y vois mon devoir... Sire, à votre service,
Tout fidelle sujet se doit en sacrifice !
Quand j'exposai ma vie en différens combats,
Mon sort, par trop égal au commun des soldats,
Ne m'offrait point la mort avec assez de gloire.

Je me soumets au Duc. O mon Roi! la victoire,
A vos efforts unis, suivra par-tout vos pas,
Ainsi, par vos succès, j'honore mon trépas.

CHARLES.

Mon état est donc tel, que, sans une infamie,
Je ne puis espérer... (à *Agnès*) partons ma chère amie.
(à *Duchâtel*). (*il va à Duchâtel et l'embrasse*).
Que l'on dispose tout... Duchâtel, mon ami,
Avant de te livrer au Duc, notre ennemi,
Charles, vingt fois plutôt, briserait sa couronne...
La mer a moins d'écueils que les marches du trône.

DUNOIS.

(*saisissant par le bras l'un des Echevins d'Orléans*).
Le Roi voudrait partir, ô brave Député,
Mais par l'honneur, ici, Dunois est arrêté.
(*regardant le Roi avec fierté*).
Qui? moi! je laisserais la ville de mon père
En proie aux ennemis! aucun d'eux ne l'espère.
Cette ville chérie, ils ne l'ont point encor...
Elle est mon Ilion, et je suis son Hector!!!
Et ces fiers ennemis, s'il s'y trouve un Achille,
Sur mon corps en lambeaux entreront dans la ville.
Allons! (*Dunois sort avec les Echevins d'Orléans*).

AGNÈS.

Quoi, vous partez...? Lahire, allez après...
(*Lahire sort avec Duchâtel*).

SCENE VIII.
CHARLES, AGNÈS.

AGNÈS.

(*Elle ôte de ses cheveux l'immortelle qu'elle avait reçue du Roi*).
Ainsi donc cette fleur devient triste cyprès.

CHARLES.

Sorel, en ce moment, que vous êtes cruelle !

AGNÈS.

O Charles, ô mon Roi, je vous serai fidelle...
Je vous suivrai par-tout..., mais j'admire Dunois !
Il va seul secourir Orléans aux abois...
Ah ! vous avez encor des chevaliers l'élite.
O Dunois ! Duchâtel ! est-il plus grand mérite !!!
Avec de tels amis, on doit tout espérer !

CHARLES.

Et vous voulez que j'aille à la mort les livrer,
Ces bons, loyaux amis, pour une vaine gloire !...
Avec eux, mon Agnès, passons plutôt la Loire,
Il est à l'autre bord un pays fortuné... ,
Cherchons-y le repos pour lequel j'étais né.

AGNÈS (*d'un air pénétré*).

Fuite n'est pas vertu, grand Dieu ! quelle faiblesse !...
Et de Charles, pourtant, Agnès est la maîtresse...

(*Charles manifeste une très grande peine qu'Agnès*
fait disparaître par une expression de sentiment
et en se rapprochant de lui).

ACTE DEUXIÈME.

SCENE PREMIERE.

CHARLES, AGNÈS, LAHIRE.

AGNÈS.

Lahire, sans Dunois, comment, vous revenez ?
(*en le regardant plus attentivement*).
Qu'annoncent vos regards ?...

LAHIRE.

Ah , Madame, apprenez...

AGNÈS.

Quelques nouveaux malheurs...

LAHIRE.

Tout a changé de face,
De nous humilier la fortune se lasse :
L'Archevêque et Dunois, Raoul , un Echevin,
Arrivent sur mes pas... , une victoire , enfin !

AGNÈS (*avec le feu de l'enthousiasme*).

Réunion d'amis, et puis une victoire !
Ah ! je suis transportée au séjour de la gloire !

CHARLES.

Puis-je croire, Lahire, à ce grand changement?

SCENE II.

CHARLES, AGNÈS, l'Archevêque de Reims,
DUNOIS, LAHIRE, DUCHATEL, RAOUL,
un Echevin d'Orléans.

CHARLES(*à l'Archevêque et à Raoul*).

Vous allez me tirer de mon étonnement?...

L'ARCHEVÈQUE.

(*joignant les mains de Charles et de Dunois*).

Princes, embrassez-vous (*ils s'embrassent*), et que
                          votre alliance
Soit durable à jamais, pour le bien de la France.
Hé ! le même désir règne en vos nobles cœurs...
Charles, mon Souverain, oui, nous sommes vain-
                          queurs:
Parlez , Seigneur Raoul.

RAOUL.

               Nous arrivions à peine
Avec seize guidons des braves de Lorraine,
Que Baudricourt et moi, du haut de Vermanton,
Nous avons reconnu Bourgogne et le Breton....
Leurs troupes sur l'Yonne occupaient la campagne;
On en voyait aussi descendant la montagne,
Et nous étions cernés,... Etant à discourir,
Si nous devions, hélas! ou nous rendre, ou mourir,
Il sort d'un bois voisin, la chose est manifeste,
De pied en cap armée, une beauté céleste !....
Qu'hésitez-vous ? dit-elle ; allons, il faut courir
Sur ces Anglais maudits ; eux seuls doivent mourir.
De Dieu, braves Français, voyez en moi l'organe !
Charles doit triompher d'un ennemi profane !...
A ces mots, étonnés et plus encor ravis,
Les chefs par cette vierge entraînés, et suivis
Des plus vaillans soldats sortis de la Lorraine,
Nous voilà dans l'instant répandus dans la plaine,
Frappant vos ennemis de mort, ou de terreur !...
Notre champ de bataille est un objet d'horreur;
Plus de deux mille morts sont restés sur la place :
Bien plus se sont noyés, le reste a trouvé grâce
Dans une prompte fuite....; et pas un seul soldat,
Sire, de vos sujets, n'est mort dans ce combat ! ! !...

CHARLES.

Evénement étrange et qui tient du miracle !...

RAOUL.

Cette vierge n'est pas seulement un oracle,
Car elle a combattu mieux que tous nos guerriers.
   (*on entend le son des cloches et des cliquetis d'ar-*
    mes).
Mais sans doute elle vient vous offrir ses lauriers....

Le peuple est sur ses pas, met son espoir en elle....

(*on entend des cris de joie*).

Sire, vous l'entendez....

(*le peuple, derrière la scène*).

Ah! vive la Pucelle!...

CHARLES (*à l'Archevêque*).

Puis je croire en effet?... Voyons si je le dois....

(*à Duchâtel*).   (*à Dunois*).

Allez la faire entrer.... Prends ma place, Dunois.

SCENE III.

CHARLES, AGNÈS, l'Archevêque de Reims, DUNOIS, LAHIRE, DUCHATEL, RAOUL, JEANNE D'ARC, les Echevins d'Orléans, plusieurs Chevaliers.

DUNOIS (*sur le trône, et parlant pour le Roi*).

Eh bien! c'est donc à toi, fille miraculeuse!...

JEANNE (*l'interrompant et avec assurance*).

Fils d'Orléans, issu d'une intrigue amoureuse,
Noble et preux chevalier, je ne viens point pour toi,
Car je suis envoyée à Charles, à ton Roi.
Tu ne peux m'abuser quand l'effet de la grâce
Vers lui guide mes pas.... Quitte donc cette place.

(*Jeanne, un genou en terre, salue le Roi qui a repris sa place*.

CHARLES (*à Jeanne*).

Mais de toi, cependant, je ne suis pas connu;
Et comment se peut-il?...

JEANNE.

Ah! Sire, je t'ai vu,
Quand, hier, prévenant du jour l'avant-courrière,
Tu faisais au Seigneur une ardente prière.

Si tu veux, même ici, je la rappellerai....

CHARLES.

Eh bien ! tu peux parler, et plus ne douterai
Que vraiment du Très-Haut tu ne sois inspirée !...
Dis, et sois des Français à jamais révérée.

JEANNE.

Trois objets ont été le sujet de tes vœux;
Le premier, pour ton peuple, était qu'il fût heureux,
Et que Dieu, si ses maux provenaient de ta race,
Fit tomber sur toi seul l'effet de sa disgrace....
Le second est qu'au ciel il plût te réserver,
Si tu ne devais plus le trône conserver,
Un ami sûr, Agnès, l'ame ferme et constante....
Et le troisième, enfin....

CHARLES.

        Assez, fille puissante !...
Oui, je vois bien que Dieu t'envoie à mon secours,
Tu n'en saurais pas tant sans son divin concours.

L'ARCHEVÊQUE.

Auguste et sainte fille !... où pris tu la naissance?...
Quels furent tes parens?... Qui soigna ton enfance ?...

JEANNE.

Très-révérend Seigneur, je suis de Domremy;
Mon père, Thibaut d'Arc, des vertus est l'ami.
Jeanne est mon nom; je fus toujours humble bergère.
Dès long-temps j'entendais que d'une île étrangère,
Hommes, venus par mer, voulaient nous asservir,
Qu'ils étaient à Paris, voulaient tout conquérir !...
Ce fut alors qu'au ciel j'adressai la prière,
D'en détourner de nous la troupe meurtrière.
Par son ordre, aussitôt, la Vierge m'apparut !...
Et pour s'humilier, Jeanne d'Arc accourut :

2.

« Jeanne d'Arc, lève-toi ; quitte ces lieux, dit-elle,
» Car pour venger les lis notre Seigneur t'appelle.
» Dieu te donne ce fer, ce casque, ce drapeau... (*)
» Tu les conserveras, Jeanne, jusqu'au tombeau !...
» Par ce fer, tu vaincras cette troupe cruelle,
» De ton Roi l'ennemie. Elle est à Dieu rebelle....
» Dans peu de temps, à Reims, Charles tu conduiras,
» Bientôt après, aussi, tu le couronneras.
   Comment, dis-je, espérer... aux combats étrangère...
« C'est Dieu qui te choisit, de Jésus dit la mère ;
» Mais pour faire à jamais sa gloire et son bonheur,
» Fille, soigneusement, doit garder son honneur !....
» Jeanne, regarde moi.... suis en tout mes exemples...
» Humble et chaste ici bas, aujourd'hui j'ai des temples ! »
   La Vierge, après ces mots, disparut dans les airs,
Et des Anges formaient d'agréables concerts :
Je vis des lis, au ciel, remplacer les étoiles ;
J'en vis sur un vaisseau cinglant à pleines voiles.

L'ARCHEVÊQUE.

L'on n'en saurait douter, c'est l'organe du ciel !...

CHARLES.

D'ailleurs, cette victoire !...

DUNOIS (dans le ravissement).

                    On ne vit rien de tel !...
Sur son front la pudeur ! dans ses yeux l'innocence !...

CHARLES.

Qui me valut de Dieu cette grande assistance ?...

JEANNE.

L'humilité des Grands plaît à notre Seigneur.

CHARLES.

Ainsi, Jeanne, tu crois que je serai vainqueur.

(*) Le drapeau doit être blanc, semé de fleurs de lis.

JEANNE.

Oui, j'exécuterai ce qu'a prédit Marie.

AGNÈS.

Céleste et pure d'Arc, c'est Agnès qui te prie ;
Mes vœux sont purs aussi ; j'en atteste les cieux !...
Remets mon souverain au rang de ses aïeux....

DUNOIS (à Charles).

Que d'Arc soit notre chef !... Honneur à la Pucelle !
Je la suivrai par-tout ; je mets ma gloire en elle....

LAHIRE.

Nous ne craindrions pas un monde de soldats....
O Jeanne ! conduis-nous, nous volons aux combats.

(*Tous les Chevaliers font un grand tumulte par le
cliquetis de leurs armes, et gagnent une grande
partie du devant de la scène*).

CHARLES.

Allez, fille du ciel, conduisez mon armée,
Vous voyez de quels feux vous l'avez animée.
De mon peuple et de moi je mets dans votre bras
L'entière destinée.

JEANNE.

Oui, Sire, tu vaincras !...
Mais c'est en Dieu qu'il faut mettre ta confiance,
Alors, tu peux avoir une entière espérance.
(*s'adressant à l'Archevêque*).
Respectable Archevêque, avec soumission
Je pars : accorde-moi la bénédiction !...

L'ARCHEVÊQUE.

Tu la veux recevoir, et tu l'as apportée....
(*il lui donne la bénédiction*).
Diriges-toi par Dieu, par lui sois escortée [1].

SCENE IV.

CHARLES, AGNÈS, l'Archevêque de Reims, DUNOIS, LAHIRE, DUCHATEL, RAOUL, JEANNE D'ARC, les Echevins d'Orléans, plusieurs Chevaliers.

LE PAGE.

Du chef des ennemis se présente un Héraut.

JEANNE (à Charles).

Fais entrer, car il vient par l'ordre du Très Haut !...

SCENE V.

Les précédents, un Héraut anglais.

CHARLES.

Parles, Héraut, dis-nous l'objet de ton voyage ?...

LE HÉRAUT.

Pour Charles de Valois, qui reçoit mon message !...

JEANNE.

A ce Héraut, permets que je parle pour toi,
Sire !...

CHARLES.

Jeanne, parlez.

JEANNE (au Héraut, en désignant le Roi).

Tu vois ici le Roi.

LE HÉRAUT.

La France a reconnu Lancastre d'Angleterre.

JEANNE.

L'Anglais n'est point encor à fin de cette guerre....
Mais que veux-tu, Héraut, et qui t'envoie ici ?...

LE HÉRAUT.

Le général breton, comte Salisbury.

JEANNE.

Ce général est mort.

LE HÉRAUT.

Ce serait votre envie....
Quand j'ai quitté le camp, il était plein de vie.

JEANNE.

Il vivait, il est vrai; mais, te dis-je, il est mort.
Le comte, ce matin, a terminé son sort.
Tu verras son convoi, demain, à ton passage;
Mais, Héraut, continue, achève ton message.

LE HÉRAUT.

Si tu sais ce trépas, tu dois aussi savoir....

JEANNE.

Oui, je sais tout, le ciel m'en donna le pouvoir....
Tu vas donc dire au prince, aux ducs de l'Angleterre,
Qu'ils n'auront jamais fait de plus funeste guerre,
S'ils ne quittent bientôt l'infortuné pays,
Qu'ils ont, sans aucun droit, injustement conquis....
Tu leur diras encor : Dieu protége la France !...
Et de ses ennemis l'heureuse délivrance
Est certaine aujourd'hui, que par sa volonté,
Contr'eux, en ce moment, s'arme la chasteté !...
Qu'ils tremblent ces pervers ! et qu'ils redoutent Jeanne,
Car son bras est armé pour punir le profane....
Je puis être avec toi sous les murs d'Orléans,
S'ils ne font pas la paix.... mort à ces mécréans !!!...

(*Elle congédie le Héraut d'un signe de main;
Charles confirme ce signe*).

ACTE TROISIÈME.

Le Théâtre représente une Contrée terminée
par des Rochers.

SCENE PREMIERE.

TALBOT, général en chef des Anglais; LIONNEL,
FASTOLF, chef anglais; le duc de BOURGOGNE,
CHATILLON, chevalier Bourguignon, Soldats
anglais.

TALBOT.

Arrétons sur ses rocs ; Bourgogne , que vous semble ?...

BOURGOGNE (jetant un coup d'œil).

Oui, Talbot, arrétons.

TALBOT.

Fastolf, que l'on rassemble
Les soldats fugitifs ; faites former le camp ;
Qu'il soit fortifié ; double garde en avant.

(Fastolf sort avec les soldats ; Talbot continue).

Auteur de notre honte , ah ! terrible Pucelle !...
Si la gloire aujourd'hui.... je vis pour l'amour d'elle !
Ah ! le sauveur des lis ! Jeanne, je te verrai.
De votre sort commun , oui , je déciderai.

LIONNEL.

Orléans succombait ; c'est le bras d'une femme !...

BOURGOGNE.

C'est ce bras féminin qui console mon ame ,
C'est le fait du démon et de l'enchantement !...

TALBOT.

C'est le fait du démon !... ô Bourgogne , comment ?...

Aux superstitions vous vous laissez surprendre....

(avec une sombre colère).

C'est un mauvais détour, Duc, que vous voulez prendre.

Tout cet enchantement est votre lâcheté :

Vos soldats, les premiers....

BOURGOGNE.

Aucun n'a résisté.

J'ai vu toute l'armée....

TALBOT.

Oh ! non ; c'est de votre aile

Que le trouble est venu.

BOURGOGNE.

C'est qu'aussi la Pucelle

Porta d'abord sur moi son choc impétueux.

TALBOT *(ironiquement)*.

C'est qu'elle vous connaît pour être vertueux,

Craignant Dieu, plus encor l'Enfer et ses Furies.

BOURGOGNE.

Talbot, je prends fort mal toutes vos railleries !...

LIONNEL.

Quoi qu'il en soit, enfin, Orléans est perdu.

BOURGOGNE.

Sans votre jalousie il se serait rendu.

TALBOT *(ironiquement)*.

C'est peut-être pour vous que nous le devions prendre.

BOURGOGNE.

Si je me retirais, pourriez-vous vous défendre?

TALBOT.

D'Azincourt avez-vous perdu le souvenir !

BOURGOGNE.

Avais-je donc besoin au régent de m'unir?

TALBOT.

D'Orléans, aujourd'hui, sans vous je serais maître.
A Charles en secret...

BOURGOGNE.

Punition du traître !...
Qui put de ses devoirs devenir l'ennemi,
Doit-il jamais passer pour un sincère ami....
Oui, Charles, pour mon Roi, j'eus dû te reconnaître,
Mais avec toi, bientôt, l'on me verra paraître !...
Allez, ô Chatillon ! disposez le départ.

LIONNEL.

Ah ! Duc.

TALBOT.

Je ne suis point la dupe de son art.
Nous savons honorer un allié fidelle ;
Mais...

LIONNEL.

Non, Talbot, le Duc ne peut être infidelle !...

BOURGOGNE.

Le mensonge est commun à tous les cœurs ingrats ;
Pour me calomnier il n'en manquera pas.

LIONNEL.

Ah ! trève, noble Duc, et d'injure et de haine.
Si vous vous éloignez, hé ! que dira la Reine ?...

BOURGOGNE.

La Reine a ses motifs, et Bourgogne a les siens.

TALBOT.

Chacun a ses devoirs, et je connais les miens.

LIONNEL.

C'est bien mal employer les instans qui nous restent.
(à Talbot).   (au Duc).
Calmez-vous, grand Talbot. Les Français vous détestent.

Voudriez-vous donc aller vous joindre à Duchâtel?...
Lui qui trancha les jours... votre ennemi mortel !...

BOURGOGNE.

Je sens à ce seul nom s'éteindre ma colère;
Je ne me suis armé que pour venger mon père !...

LIONNEL.

Vos discours, quant à moi, seront toujours secrets.
Allons, Duc, excusez les propos indiscrets
Echappés à Talbot. Les soucis de sa place
Ont causé tous ses torts. Je vous demande grâce.

TALBOT.

Bourgogne, sans humeur, Talbot vous tend la main.
Si nous sommes battus, nous les battrons demain.

BOURGOGNE.

Que cette paix sincère en soit l'heureux augure.

TALBOT.

Qu'aurait dit Isabeau d'une telle rupture?...

LIONNEL.

Depuis qu'elle a paru nous sommes malheureux.

TALBOT.

Peut-on jouer en tout un rôle plus affreux ,
Oublier les devoirs et d'épouse et de mère !...

LIONNEL.

Et se prostituer....

TALBOT.

O ciel ! quelle mégère!...

BOURGOGNE.

Pour elle je ressens le plus profond mépris.

TALBOT.

Elle voudrait encor que chacun fût épris
De ses traits surannés.

LIONNEL.

Isabeau, la Pucelle,
Chacune en son humeur différente et nouvelle,
Nous ont fait tout le mal qui nous pèse en ce jour !...
Renvoyons d'abord l'une, et l'autre aura son tour.

BOURGOGNE.

Renvoyer Isabeau... ! cet avis est d'un sage.
Mes soldats, à sa vue, ont perdu leur courage.
Elle leur inspirait, à tous, un tel effroi,
Qu'ils oubliaient, hélas ! qu'ils combattaient pour moi.

TALBOT.

Ainsi donc, arrêté. Que ce soir elle parte ;
Mais, que pas un de nous, pour elle, ne s'écarte ;
Car il nous faut, demain, à la pointe du jour,
Aller surprendre Jeanne, et le Prince, et sa cour.
Si, comme je le crois, nous avons la victoire,
Les lauriers d'aujourd'hui sont perdus pour leur gloire.

LIONNEL.

Vive le grand Talbot !   (il sort).

TALBOT.

Prenons quelque repos.
Pour le jour de demain il faut être dispos.
(*ils gagnent leurs tentes qu'on aperçoit sur la
hauteur des rochers*).

SCENE II.

JEANNE D'ARC, DUNOIS, LAHIRE, des Soldats
qui se montrent sur la hauteur des rochers,
défilent en silence et viennent, en partie,
paraître sur la scène.

JEANNE.

Nous voilà dans le camp..., que cette nuit affreuse

Soit à jamais, pour nous, mémorable et heureuse...!
Que l'ennemi surpris, effrayé de son sort,
Se frappe, à son réveil, de stupeur et de mort.

(aux soldats).

Allumez les flambeaux, et que par-tout les flammes,
En augmentant l'effroi, terrorisent les ames.

(des soldats vont mettre le feu aux tentes anglaises,
d'autres s'apprêtent au combat).

UNE SENTINELLE ANGLAISE (derrière la scène).

Les Français! les Français...!

DUNOIS.

Tu nous avais promis,
Jeanne, de nous conduire au camp des ennemis;
Laisse-nous, à présent, achever ton ouvrage.
O d'Arc! éloigne-toi; sauve-toi du carnage.

LAHIRE.

Oui, Jeanne, éloignez-vous; car le Dieu des combats
Immole, en sa fureur, les plus vaillans soldats.

JEANNE.

Je ne quitterai point ce théâtre de guerre,
C'est moi qui doit frapper les héros d'Angleterre.
Avez-vous oublié que le ciel me conduit?
Profitons du moment qu'un grand espoir nous luit;
Dieu m'envoya pour rendre à Charles sa couronne;
Je dois la lui sauver, l'affermir sur le trône.
Cette nuit, maint Anglais doit terminer son sort;
Faisons-les donc passer du sommeil à la mort.
Que le mot d'ordre soit: Jésus et la Pucelle...!

DUNOIS (aux soldats).

Suivez tous son drapeau.

LA HIRE.

Rendons-nous dignes d'elle.

(*ils gagnent la hauteur des rochers, où le carnage doit commencer*).

SCENE III.

Soldats Anglais qui traversent la scène.

LE 1.ᵉʳ SOLDAT.

Les ennemis...!

LE 2.ᵉ SOLDAT (*marquant son étonnement*).

Par où se sont-ils donc rendus...?

LE 3.ᵉ SOLDAT.

La Pucelle est ici, nous sommes tous perdus...!

LE 4.ᵉ SOLDAT.

Le camp est tout en feu...!

LE 5.ᵉ SOLDAT.

La terrible femelle...!

LE 6.ᵉ SOLDAT.

Fuyons! fuyons! voici Dunois et la Pucelle!!

SCENE IV.

TALBOT seul (*arrivant*). (*aux fuyards*).

Lâches, où courez-vous...! ils sont sourds à ma voix,
Du devoir, de l'honneur méconnaissent les loix.
Une femme a produit cet esprit de vertige!
Quel cruel changement...! est ce donc un prodige...!
Mais ces flots d'ennemis, d'où peuvent-ils venir...!
D'où naît cette valeur qu'on ne peut retenir...!
Et ces braves Anglais, enfans de la victoire,
Qui perdent en un jour le fruit de tant de gloire...!
Et toi, Talbot, qui meurt aux yeux de l'Univers...!

SCENE V.

TALBOT, un Soldat.

LE SOLDAT.

Fuyez, mon Général, la Pu...

TALBOT.

Vas aux enfers...!
Meure ainsi tout Anglais, ennemi de sa gloire,
Qui ne sait pas, au moins, disputer la victoire.
(il part).

SCENE VI.

MONTGOMMERY seul.

Eh! que venais je faire en ce maudit pays...!
Où me cacher...? hélas...! pas le moindre taillis.
Ici, le grand Talbot me tuera de sa lance ;
La Pucelle, par là, combat à toute outrance,
Et donne le trépas à tous ses ennemis.
A mon âge, à la mort faut il être soumis !
Qu'avais je à faire, hélas! de quitter ma patrie;
D'abandonner ma mère, une amante chérie...!
La Pucelle paraît...! Ah! c'en est fait de moi ;
Son regard me saisit et me glace d'effroi.
Cet ange de la mort est pourtant une femme!
Toute femme a des sens, et même une belle âme !
Mes pleurs l'attendriront...

SCENE VII.

JEANNE, MONTGOMMERY, ayant quitté ses
armes.

JEANNE.

La mort à cet Anglais...

MONTGOMMERY (*se jetant à genoux*).

Jeanne! suspends ce bras protecteur des Français;
Je suis à tes genoux, tu me vois sans défense;
Te croire sans pitié serait te faire offense!
Accorde-moi la vie...! une forte rançon...!

JEANNE.

Tu voudrais me toucher...! n'es-tu pas né Breton...?

MONTGOMMERY.

Ces mots sont effrayans... mais ton regard est tendre;
Par tes charmes divins, ô d'Arc, daigne m'entendre :
Si jamais tu connus la tendre volupté...!
Apprends donc que j'adore une jeune beauté...
Que je reçus aussi l'aveu de sa tendresse...

JEANNE.

Aux yeux de Jeanne d'Arc tout amour est faiblesse.
Je ne connais que Dieu, que son esprit divin...!
Le ciel arma mon bras...; tu me supplie en vain.

MONTGOMMERY.

Ah! prends donc en pitié ma mère malheureuse...!

JEANNE.

Pourquoi me rappeler la quantité nombreuse
De veuves, d'orphelins et de mères en deuil,
Dont les tiens ont plongé les parens au cercueil.
N'est-il pas juste aussi que les mères anglaises
Éprouvent les douleurs que souffrent les françaises.
L'ambition vous fit aborder en ces lieux;
Mais vous ne verrez plus le sol de vos aïeux.
La nature, entre nous, a marqué les limites;
Que ne respectiez vous les lois qu'elle a prescrites...!

MONTGOMMERY.

J'implore donc en vain, tu refuses toujours.

JEANNE.

Allons, reprends ton glaive et combats pour tes jours.

MONTGOMMERY.

Cœur farouche et cruel, qui t'acharne à ma vie,
Je pourrais bien aussi décevoir ton envie,
Et venger par ta mort...

(*il attaque Jeanne*).

JEANNE.

(*après un court combat et lui portant le coup
mortel*).

Meurs... Remplis ton destin.
Le ciel a de tes jours ici marqué la fin.

(*Elle le laisse expirant et s'avance sur la scène
d'un air rêveur. Elle continue*).

Hélas...! ce jeune Anglais avait touché mon ame;
Mais mon cœur embrasé d'une céleste flamme,
Obéit en aveugle aux lois de l'Eternel,
Qui, bien mieux que mon bras, frappe le coup mortel.

SCENE VIII.

JEANNE, un Chevalier la visière baissée.

LE CHEVALIER.

Je la rencontre, enfin, cette terrible Jeanne,
Que le Français révère et que le ciel condamne.

(*il la menace de sa lance*).

Tu tenterais en vain d'échapper à ton sort;
C'est ton tour aujourd'hui de recevoir la mort...!

JEANNE.

Ce discours menaçant n'effraye point mon ame...
Crains plutôt de tomber sous les coups d'une femme...
Mais, non... car tu n'es pas un chevalier breton;

3

Et je te reconnais au bandeau bourguignon...!
Noble Duc, devant toi Jeanne incline les armes.

LE CHEVALIER.

Oui je le suis, ce Duc, et je crains peu tes charmes...!
C'est lui qui chez les morts va bientôt t'engloutir,
Et tout l'art de Satan ne peut t'en garantir...!
(*il met les armes à la main*).

SCENE IX.

JEANNE, le Duc de Bourgogne, DUNOIS, LAHIRE.

DUNOIS.

Philippe.... contre moi dirige ton épée...!
Dans un sang féminin doit-elle être trempée...?

LAHIRE.

De Jeanne d'Arc avant que tu tranches les jours,
Duc, il te faut des miens interrompre le cours.

BOURGOGNE.

Non... je veux me mesurer à ce bras redoutable.
(*regardant Jeanne et la menaçant*).
Cet esprit infernal doit retourner au diable...!
O Lahire! ô Dunois...! n'êtes vous pas honteux
De mettre votre gloire à prévenir ses vœux...
A moi, superbe d'Arc...! de ton arme sanglante
Viens donc percer ce cœur, Pucelle si vaillante...!
(*Jeanne reste immobile; Dunois et Lahire se présentent et menacent le Duc. Bourgogne continue*).
Tous trois je vous défie...!
(*le Duc et Dunois s'apprêtent au combat*).

JEANNE.

Arrêtez.

BOURGOGNE.

Ton amant

Va recevoir de moi le juste châtiment
De sa grossière erreur.

(*il attaque Dunois*).

JEANNE.

Séparez-les, Lahire.

(*Lahire les sépare et Jeanne continue*).

Bourgogne, ta fureur approche du délire...
Que prétends-tu donc faire...! et quel est ton espoir...?
Tu voudrais notre mort... D'abord, dans le devoir,
Des Valois à l'aspect du rejeton auguste,
Tu m'as vu respecter Philippe, quoiqu'injuste.
Ainsi que toi, le brave et généreux Dunois,
Au cœur grand, au cœur noble, est issu de nos Rois.
Lahire est avec nous un défenseur du trône.
Tous nous nous battrions pour sauver la couronne,
Si le ciel t'appelait à nous donner des lois...
La victoire est à nous... l'Anglais est aux abois...
Nous te tendons les bras, et, dans ton cœur, nos ames
D'une ancienne amitié cherchent les vives flammes...
Viens donc te réunir au pur sang des Valois...!

BOURGOGNE.

Inutiles discours. A tes armes, Dunois...!

DUNOIS.

Duc, nous nous battrons, mais il faut d'abord l'entendre;
A ses fortes raisons peux-tu ne pas te rendre...?

BOURGOGNE.

Je l'aperçois trop bien, que sa voix se ressent

3..

De l'Enfer qui lui prête un discours innocent.
Mais je ferme l'oreille à cette enchanteresse.
A tes armes, Dunois...!

LAHIRE.

C'est une prophétesse ..!

JEANNE.

Tu m'accuses, grand Duc, de sortir des Enfers ;
Mais c'est la voix du Dieu de ce vaste univers,
Qui veut bien, aujourd'hui, par moi se faire entendre!
Puisse t-elle, en ton cœur, à notre gré descendre...
Tu veux faire la guerre, et je t'offre la paix... !
Des gouffres de l'Enfer sortit elle jamais... !
Là bas, y connaît-on l'amour de la patrie... ?
On y voit la Discorde, on y voit la Furie,
Qui toujours de la guerre allument les flambeaux.
Moi, je ne dois l'effet de mes rares travaux,
Qu'à ce Dieu plein d'amour et de miséricorde,
Qui veut bien pardonner, mais qui veut la concorde.

BOURGOGNE.

(vivement ému, il fixe les regards de la Pucelle ; il
la contemple avec étonnement, et paraît de plus
en plus touché).

Quel sentiment m'agite et qu'éprouve mon cœur...?
Une voix qui me dit... reconnais ton erreur... !
Cette voix qui me plaît, et me touche et me charme,
De mon ame oppressée a banni toute alarme.
Je me sens animé d'un esprit tout nouveau.
Ce jour est, ô grand Dieu...! de mes jours le plus
                                                        beau...!
De ton pouvoir, j'admire et l'effet et l'organe ! ! ! !

DUNOIS.

Hommage à la Pucelle... !

LAHIRE.

Honneur, honneur à Jeanne...!

JEANNE.

Oh! oui, je l'ai touché...! je le vois à ses yeux
Qui cherchent nos regards et se portent aux cieux;
Qui, retombant sur nous, se remplissent de larmes.
Empressons-nous, seigneurs, à calmer ses alarmes...!
Que nos cœurs réunis par des embrassemens,
Célèbrent son retour à ces beaux sentimens.

(*ils laissent tous tomber leurs armes et s'embrassent*).

ACTE QUATRIÈME.

Le Camp du Roi, à Châlons sur Marne.

SCENE PREMIERE.

DUNOIS LAHIRE.

DUNOIS.

Puis-je, sans vous blesser, vous avouer, Lahire,
Que de l'amour, enfin, je reconnais l'empire,
Car je crois, chevalier, et c'est mon grand souci,
Que vers le même objet vous vous portez aussi.
J'adore Jeanne d'Arc...! vous l'adorez de même...!
Cette rivalité me cause un trouble extrême:
Et malgré le long temps que nous sommes amis,
Cet amour, je le crains, va nous rendre ennemis.

LAHIRE,

Ah! Prince, écoutez-moi.

DUNOIS.

                              Ce que vous pouvez dire,
Dans votre ame, déjà , Dunois a su le lire.
Lahire, le plus noble et le plus grand guerrier,
Qui sur nos ennemis a cueilli maint laurier,
Que son attachement absolu pour son maître,
Rend à Charles bien cher... l n'a qu'à faire paraître
Ses sentimens pour d'Arc, et l'obtiendra du Roi,
Je le tiens pour certain. Mais , Lahire , mais moi... ,
Je ne souffrirai pas que l'on m'enlève Jeanne...!
Si dans mes vœux, pourtant, Lahire me condamne,
Jo lui dois d'éclaircir, en tous points, mon amour...
Ami, vous saurez donc que dès le premier jour
Que je vis à Chinon, j'entendis la Pucelle ,
Je formai le dessein de m'unir avec elle.
Cette seule beauté peut faire mon bonheur...!
Elle unit le courage à la noble valeur...!
Sa pudeur, son maintien, son aimable innocence,
Me font, à chaque instant, désirer sa présence;
Trop heureux si je puis posséder à jamais,
De Jeanne le grand cœur et les mâles attraits...!

LAHIRE.

Je n'entreprendrai point de mettre en parallèle
Vos exploits et les miens... Parlons de la Pucelle...
   Prince , vous désirez unir au sang royal,
Cette jeune beauté, dont l'air fier, martial,
Pour la première fois fait palpiter votre ame...!
Lahire peut juger l'excès de votre flamme...
Mais, Prince, en l'épousant, c'est vous mésallier...!
Peut-être avec le Roi, serait-ce vous brouiller...?

DUNOIS.

Eh! pourquoi donc rougir d'une telle alliance...
Jeanne n'est-elle pas le sauveur de la France... ?
Devant-elle, dis-moi, tout ne fléchit il pas... ?
Tel craint son bras, tel autre honore ses appas... !
N'a-t-elle pas, enfin, un air tout angélique,
Pour imposer silence à l'esprit de critique

LAHIRE.

Prenons l'avis du Roi.

DUNOIS.

J'en appelle à son cœur...
Celle qui vient d'en haut nous rendre le bonheur,
Sur son sort doit au moins prononcer elle-même.

SCENE II.

CHARLES, AGNÈS, l'Archevêque, DUNOIS,
LAHIRE, DUCHATEL.

CHARLES (à *Dunois et à Lahire*).

Je vous rencontre enfin, et ma joie est extrême.
Vous me l'aviez bien dit... ! le Duc veut avec moi
Se réconcilier et me donner sa foi!
Dans une heure, au plus tard, il doit ici se rendre.
Allez le recevoir. (*Dunois et Lahire sortent*).

(à *Agnès*).

Ah! devais-je m'attendre,
Agnès, ma bien aimée, à de tels changemens?
Pour arriver, hélas, à ces heureux momens,
Que de sang! que de pleurs... ! ô race de Lancastre,
Que ton ambition a causé de désastre... !

(*à l'Archevêque*).

Prince de sainteté, ministre de la paix,
Entre Philippe et moi, puissiez-vous à jamais
L'établir, la fixer...! Que le jour qui s'apprête
Soit par-tout annoncé comme un grand jour de fête...!
De ses princes, le peuple, en cette occasion,
Doit solennellement célébrer l'union.

(*à Duchdtel, en l'embrassant*).

Toi qui voulus me faire un si grand sacrifice,
Ami, pour te montrer, attends l'instant propice.

(*Duchdtel sort*).

SCENE III.

CHARLES, AGNÈS, l'Archevêque, un Page.

(*au moment où le Page arrive on entend des trompettes*).

CHARLES.

Ah...!

LE PAGE.

Le Duc de Bourgogne arrive en ce moment.

SCENE IV.

CHARLES, AGNÈS, l'Archevêque.

CHARLES.

(*à Agnès, qui témoigne une extrême sensibilité*).

Calme, ma chère Agnès, ton attendrissement.

L'ARCHEVÊQUE (*à la croisée*).

Seigneur, auprès du Duc tout le peuple s'empresse...!
Il descend de cheval.

CHARLES (à *Agnès*).

Sorel, que l'alégresse,
Dans tes traits, dans tes yeux, peigne aussi le bonheur...
Que rien ne puisse, enfin, inquiéter son cœur.

SCENE V.

CHARLES, AGNÈS, l'Archevêque, le Duc de
Bourgogne, DUNOIS, LAHIRE, CHATILLON,
plusieurs Chevaliers français et de la suite
du Duc.

(*Le Duc s'arrête à l'entrée. Le Roi fait un pas
vers lui ; à l'instant, le Duc s'approche et s'incline : Charles le relève et le presse dans ses bras).*

CHARLES.

Cher Duc, vous prévenez par votre promptitude...

LE DUC DE BOURGOGNE.

J'eus dû vous témoigner bien plus d'exactitude,
(*apercevant l'Archevêque, il va à lui*).
Prélat, accordez-moi la bénédiction... !
A Charles, à mon Roi, je fais soumission.
Que n'ai-je comme vous.....

CHARLES.

Cousin, votre présence
Porte déjà bien loin le temps de votre absence.

L'ARCHEVÊQUE (*unissant les mains de Charles et de
Bourgogne*).

En vous voyant unis mon bonheur est parfait ;
Le ciel comble mes vœux : je mourrai satisfait.

BOURGOGNE (à *Agnès*).

Cousine, dans Arras, suivant l'antique usage,

Le Seigneur a des droits sur tout charmant visage...
Ici, permettez-moi....

    (*il donne à Agnès un baiser sur le front*).

CHARLES.

      Mon cher Duc, votre cour,
A ce qu'il me paraît, est l'aimable séjour
Où la beauté réside, où la galanterie....

BOURGOGNE.

Sire, on peut l'avouer sans nulle flatterie ;
Le commerce dans Bruge, à nos yeux éblouis,
Fait voir des nations le brillant et l'exquis....
Mais la beauté du sexe à nulle autre pareille....

CHARLES (*avec empressement, et regardant Agnès*).

Du monde, il est bien vrai, Sorel est la merveille !....

AGNÈS.

Elle l'est, le sera par sa fidélité.

BOURGOGNE (*se plaçant entre Charles et Agnès*).

Et l'on peut ajouter sa générosité !...

    (*à Agnès*).

De leurs bijoux, sur-tout, les dames sont avares !...
Vous consacriez, pourtant, vos bijoux les plus rares
Pour armer contre moi !... Mais la paix entre nous
Me fait voir ce grand trait sous un rapport plus doux.
J'en admire et chéris, et l'effet, et la cause !...
De ces bijoux trouvés aujourd'hui je dispose ;
Recevez-les, madame, en gage de ma foi,
De mon respect pour vous, de mes vœux pour le Roi.

    (*il prend d'un Page de sa suite la cassette, l'ou-
    vre et la présente à Agnès qui regarde le Roi
    d'un air étonné*).

CHARLES.

Reçois, ma chère Agnès, reçois ce don sans crainte ;
Il dégage à jamais nos cœurs de la contrainte.

Oui, pour toujours, Bourgogne et moi sommes amis.

BOURGOGNE.

Aussi bien que le sien mon cœur vous est soumis.

(*il attache une rose de brillans aux cheveux d'Agnès*).

Pourquoi n'est-elle pas la couronne de France?...

(*en lui saisissant la main avec expression*).

Mes vœux sont tous pour vous, j'en donne l'assurance.

(*après avoir regardé tour à tour les personnes qui composent l'assemblée, il se jette dans les bras de Charles*).

Oh! mon Roi!...

CHARLES.

Mon cousin!...

BOURGOGNE.

Quoi.... j'ai pu vous haïr?...

J'osai vous méconnaître!...

CHARLES.

Eh! pourquoi revenir

Sur un pareil sujet?... Voyons cette journée

Qui réunit nos cœurs et notre destinée!...

BOURGOGNE.

Tout sera réparé!... croyez moi.... je le veux!...

Bourgogne, sans cela, ne serait point heureux....

CHARLES.

Qui pourrait résister à nos armes unies!...

BOURGOGNE.

On ne les verra plus, j'en jure, désunies....

Me battant contre vous, croyez en mon honneur!...

Oh! non, mon cher cousin, ce n'était pas de cœur.

Hélas! si vous saviez.... mais périsse l'envie....

Et pour l'exterminer, je vous offre ma vie.

Tout l'Enfer ne pourrait me séparer de vous !
Sire , je vous en fais le serment à genoux.

(Bourgogne veut s'incliner , mais Charles le pré-
vient et le presse de nouveau dans ses bras. Trois
Chevaliers bourguignons s'approchent de Dunois ,
de Lahire, de l'Archevêque de Reims et les embras-
sent. Le Roi et le Duc contemplent ce spectacle ,
et restent encore embrassés pendant quelque temps
sans proférer une parole).

L'ARCHEVÊQUE (*en séparant les Princes*).

Princes , votre union va ramener la France
Au bonheur , à la paix !... Oui, déjà l'espérance
A flatté vos sujets d'un avenir heureux.
Le peuple vous bénit, fait pour vous mille vœux....
Je vois d'amples moissons se recouvrir la terre ;
Je vois se réparer bien des maux de la guerre ;
Mais les infortunés péris dans les combats :
Ceux-là , princes, ceux-là ne reparaîtront pas.
La désolation règne dans leurs familles....
Hé ! que vont devenir leurs veuves et leurs filles ?
La guerre les priva de leur plus ferme appui....
Qui va les protéger, les doter aujourd'hui !...
Les Rois devraient trembler à ce seul mot... la guerre...
De tous les maux, alors , ils menacent la terre....
Les liens de la paix dissous en un moment,
Se resserrent, hélas ! bien difficilement.
On ne voit pas deux fois, pour sauver sa puissance,
Un envoyé de Dieu , comme d'Arc, pour la France.

BOURGOGNE.

Oui, Sire , il est certain ; c'est un ange du ciel !...
Elle porte la foudre et parole de miel....
Mais je ne la vois pas.....

CHARLES.

Cette paix, son ouvrage,
Autant que ses exploits mérite notre hommage.
Qu'on la fasse venir.

L'ARCHEVÊQUE.

Cette chaste beauté,
Sire, aux pieds des autels est en humilité.

SCENE VI.

Les précédens, JEANNE.

CHARLES (à *Jeanne*).

Parée ainsi de fleurs, oubliant ta vaillance,
Viens-tu des deux cousins consacrer l'alliance?...

BOURGOGNE.

Sire, il fallait la voir dans le fort du combat!...
Mais Jeanne, dans la paix, n'a pas un moindre éclat.
Eh bien! fille étonnante! ai-je tenu parole?...

JEANNE.

La paix te fait briller d'une douce auréole;
Naguère d'un air sombre et respirant le sang,
Bourgogne, je t'ai vu méconnaître ton rang.
Ainsi donc, c'est pour toi la plus belle journée!....
(*regardant autour d'elle*).
Je vois chacun, ici, chérir sa destinée;
Il est pourtant quelqu'un plein d'un trouble cruel,
Qui ne peut partager ce bonheur mutuel.

BOURGOGNE.

Serait-il donc tombé tellement en disgrace,
Qu'il ne pût, en ce jour, solliciter sa grace?...

JEANNE.

Prononce, noble Duc, puis-je l'aller chercher?...
C'est assez de ses torts qu'il se doit reprocher :

Et ce jour est si beau, qu'un seul sujet de haine,
Qui ferait soupçonner cette alliance vaine,
Doit être repoussé par un noble abandon.
Mais, je le vois, Bourgogne accorde son pardon.

BOURGOGNE.

Ah! Jeanne, je t'entends.

JEANNE.

C'est le ciel qui l'ordonne!...
(*elle ouvre la porte, et fait avancer Duchâtel qui se
tient à l'écart*).
Avancez Duchâtel, Philippe vous pardonne.

BOURGOGNE.

Impérieuse fille, ah! que veux-tu de moi?...

JEANNE.

A ton ressentiment tu vas donner la loi...
Bourgogne! le soleil éclaire tout le monde,
Et sur tout l'Univers le ciel répand son onde!...
Quel tort, me disais-tu, dans ce jour solennel,
Ne doit être oublié?...

BOURGOGNE.

Approchez, Duchâtel.
(*il lui prend la main*).
Philippe en ce jour doit oublier votre injure.
(*il laisse aller la main de Duchâtel*).
Je lui pardonne, hélas! et je me rends parjure!
O manes de mon père! absolvez comme moi
La main qui vous....
(*l'ombre du Duc de Bourgogne sort de dessous terre.
Le Duc frappé de cette apparition, porte ses regards sur Jeanne d'Arc: Jeanne, d'un coup d'œil,
lui dicte son devoir. Le Duc continue en s'adressant à l'ombre de son père*).
Puis-je être ennemi de mon Roi?..

Dans l'éternel repos tout est un , immuable ;
Mais sur la terre, hélas ! tout est bien variable ;
Souvent nos actions dépendent du moment ;
Aussi rien n'est commun comme un grand changement.
Oh ! non ; je ne suis point rebelle à la nature !...
Mais dois-je persister à venger votre injure ,
Quand ce pardon , mon père, est demandé du ciel !...
Puis je donc résister au vœu de l'Eternel ?....
J'obéis et pardonne....

    L'OMBRE *du Duc de Bourgogne.*

      Et mon ame est contente.
Par la paix , aujourd'hui, tu remplis mon attente.
Charles n'est point coupable , et tu dois, ô mon fils !...
Toujours rester fidelle à la cause des lis.

  (*l'ombre disparaît. Tous les Chevaliers de la cour
  et de la suite du Duc sortent*).

SCENE VII.

CHARLES, le duc de BOURGOGNE, l'Archevêque,
AGNÈS, JEANNE D'ARC, DUNOIS, LAHIRE, DU-
CHATEL, CHATILLON.

   CHARLES (*à Jeanne*).

Que ne te dois-je pas, vierge pure et sublime !....
Les morts, à tes accens, sortent de leur abîme !...
Par toi , j'ai triomphé de mes fiers ennemis !...
Par toi, nous voilà tous ici de vrais amis !....
Pour toi ne puis-je rien?...

    JEANNE.

     La faveur peu commune
Dont tu viens de jouir, confirme ta fortune,
Sire ; mais il te faut savoir la retenir.....
Fais que ton peuple t'aime et puisse te bénir !....

Si parmi des bergers Dieu choisit ta servante,
Pour relever des lis la tige languissante ;
Comme, à sa volonté, Dieu seul peut répartir
Les talens, la valeur.... du peuple il peut sortir
Un vengeur des écarts où tomberait ta race,
Qui sera longue et grande, et pourtant en disgrace.

AGNÈS (*après un moment de silence général, à*
Jeanne).

Tu lis dans ma pensée ainsi que dans mon cœur,
D'Arc ! peux-tu me donner un oracle flatteur ?...
Tu sais si je soupire après la vaine gloire.....

JEANNE.

Ton amour pour ton Roi sera toujours mémoire.
Tu n'eus jamais pour lui que louable dessein ;
Et ton bonheur, Sorel, repose dans ton sein.

DUNOIS (*à Jeanne*).

Toi qui fixes le sort de Charles, de l'Empire !...
Quel sera ton destin ?... Pourrais-tu nous le dire ?
Sans doute le bonheur doit te suivre en tous lieux !...

JEANNE.

Le vrai bonheur, Dunois, n'habite que les cieux !...

CHARLES.

Si ta félicité, Jeanne, est en ma puissance,
Tu dois tout espérer ! Je veux que ta naissance,
Anoblie en ce jour, te porte au premier rang ;
Qu'aucun ne soit plus noble après moi que ton sang ;
Que le plus distingué des plus grands de la France
Se trouve encor flatté, d'Arc, de ton alliance.
Il te faut un époux digne de tes exploits !

DUNOIS.

Sire, si vos bontés me donnent quelques droits
A solliciter d'Arc d'unir par l'hyménée,

Et notre amour pour vous, et notre destinée,
Je dois vous confesser qu'avant le grand honneur
Que vous venez de faire à sa noble valeur,
Mon cœur avait déjà brûlé pour la Pucelle !....
Et si j'étais certain d'être avoué par elle,
Je la demanderais à votre Majesté !...

    (à Jeanne).

De cet espoir en vain me serais-je flatté ?

CHARLES.

Dunois, est-il bien vrai ? n'est-ce point un prestige ?...
Jeanne d'Arc a pu faire un semblable prodige !...
Je tiens cette victoire à l'égal des hauts faits
Qui, jusques à ce jour, l'illustrent à jamais.

LAHIRE.

Sire, Lahire aussi d'une amoureuse flamme
Pour Jeanne s'est épris ! Elle embrase son ame !....
Il offre à cette vierge, et sa main, et son cœur,
Si, comme il peut le croire, elle fuit la grandeur.

CHARLES.

Intrépides guerriers, l'honneur de la patrie,
Noble rivaux, la fleur de la chevalerie,
Entre vous, chers amis, je ne décide point :
Que Jeanne fasse un choix, je m'arrête à ce point,

AGNÈS.

Jeanne, par sa rougeur, témoigne sa surprise,
Et sa pudeur éprouve une trop grande crise !
Laissez-nous retirer : dans un tel embarras,
Nous voulons des témoins qui ne nous gênent pas.

CHARLES *(s'apprêtant à sortir, fait signe à Agnès*
de rester).

    Allons....

        JEANNE *(en inspiration).*

Ah ! Sire ; et vous, Chevaliers, je vous prie,

                              4

Pensez bien moins à Jeanne, et plus à la patrie !....

C'est un très-grand honneur, à mon ame bien doux !

Mais, non ; je ne vins point pour choisir un époux ;

Je n'ai qu'un seul objet.... achever mon ouvrage...

(*à Charles*).

Et ton entrée à Reims m'occupe davantage.

CHARLES.

Nous sommes sur la route.

JEANNE.

Avec tes ennemis !...

Mais ils seront bientôt dispersés et soumis.

DUNOIS.

De mon amour, alors, me permettras-tu, Jeanne ?...

JEANNE.

L'amour de Dieu !... tout autre à mon cœur est profane.

CHARLES (*prenant la main de Jeanne*).

Ah ! Jeanne, un autre amour à notre cœur sourit,

Tu n'entends à présent que la voix de l'esprit ;

Mais quand la paix viendra, par le soin de tes armes,

Faire cesser nos maux et calmer nos alarmes,

Jeanne alors sentira qu'à défaut de laurier,

Le mirte est un besoin pour l'ame du guerrier.

JEANNE (*en inspiration*).

Es-tu donc déjà las, Sire, de l'assistance

Que tu reçois par moi de la Toute-Puissance,

Pour si fort te hâter de perdre ce soutien.

Pour chasser les Anglais, es-tu donc un moyen ?...

(*à tous les Chevaliers*).

Et vous qui ne voyez en Jeanne qu'une femme....

C'est un esprit imbu d'une divine flamme !...

Quoi ! les témoins de faits au-dessus des mortels,

Méconnaissent encor le Dieu de leurs autels !....

Dieu me fit l'instrument qui doit sauver la France !...
De tout autre dessein perdez donc l'espérance.

L'ARCHEVÊQUE.

L'on ne reviendra plus sur un pareil sujet,
A moins que Jeanne, un jour, ne change de projet ;
Car, ma fille, ce Dieu dont tu tiens le courage,
Aux mortels imposa la loi du mariage.
C'est manquer au devoir que de s'y refuser.

JEANNE.

Très-révérend Seigneur, je ne puis m'abuser ;
Dans tout ce que je dis, je me sens inspirée !...
L'amour ne peut entrer dans mon ame épurée :
Mais si l'esprit me parle, alors j'obéirai.

CHARLES.

Jeanne, de ce discours je me rappellerai.

SCENE VIII.

Les précédens, un Chevalier.

LE CHEVALIER.

Sire, les ennemis ont passé la rivière.
Ils offrent le combat.

JEANNE (*toujours en inspiration*).

Que je sois la première,
En deçà de la Marne, à frapper leurs regards !...
Puisqu'encor des combats ils tentent les hasards,
Je veux qu'à mon aspect ils aient telle crainte,
Que, loin de nous charger, ils craignent notre atteinte.
(*elle part*).

CHARLES.

Lahire, suivez-la.

4.

SCENE IX.

CHARLES, le duc de BOURGOGNE, l'Archevêque,
DUNOIS, DUCHATEL, CHATILLON, AGNÈS.

CHARLES (*faisant un mouvement d'indignation contre
l'acharnement de ses ennemis*).

Le sang me fait horreur!...

Implacable ennemi!... Quelle est donc ta fureur?...
Ce n'est donc pas assez du gain de deux batailles!....
Tu veux te battre encor.... et c'est sous les murailles
De la ville de Reims!...

DUNOIS.

C'est le dernier effort

D'un tigre terrassé, luttant contre la mort.

CHARLES.

Vous qui m'avez causé tant de sujets d'alarmes,
Bourgogne, mon cousin, je compte sur vos armes

BOURGOGNE.

Vous serez satisfait.

CHARLES.

Je vous précéderai.

C'est la route du sacre, et j'y triompherai!....
Adieu Sorel.

AGNÈS.

Tu pars, et je suis sans alarmes.

Mon cœur est trop certain du succès de tes armes.
Oui, quand Dieu te secourt de sa divine main,
Je ne te dois revoir que comme souverain!...

ACTE CINQUIÈME.

Le Théâtre représente une plaine sur la scène,
un petit bois sur le côté, et la ville de Reims
dans le fond.

SCENE. PREMIERE.

TALBOT, FASTOLF, Soldats anglais.

TALBOT (*soutenu par Fastolf et des soldats*).

Amis, déposez-moi sous cet épais feuillage....
  (*on le dépose, et il continue en s'adressant aux
  soldats*).
Retournez au combat, ne perdez point courage ;
Triomphez !... De Talbot ne prenez plus souci....
Car, pour vivre ou mourir, je suis fort bien ici.
                (*quelques soldats sortent*).

SCENE II.

TALBOT, FASTOLF, LIONNEL, quelques Soldats.

LIONNEL.

Que vois-je, ô ciel ! Talbot....

FASTOLF.

Sa blessure est mortelle.

LIONNEL.

La fortune à ce point peut nous être infidelle !...
Mais ce n'est pas l'instant, Général, de faiblir :
Rappelez ce grand cœur qui ne peut s'amollir !
Dites que vous vivrez...., et la Parque cruelle,
A vos ordres, Milord, ne sera point rebelle.

TALBOT.

C'en est fait, Lionnel, et le jour est venu,
Que de nos grands projets tout l'espoir est déçu.
Il fallait de Satan l'infernale assistance,
Pour ravir aux Anglais la couronne de France !...
En vain, dans ce combat, par un dernier effort,
J'ai tenté, Lionnel, de ramener le sort.....
Mais, malgré la valeur, le sort nous est contraire.....
Je meurs victime ici d'un dessein téméraire.....
Mais si Reims est perdu, sauvez au moins Paris !.....

LIONNEL.

Hélas ! mon Général, d'après plusieurs avis,
Nous sommes trop certains de la triste nouvelle,
Que Paris au Dauphin cesse d'être rebelle.

TALBOT.

Après ce coup fatal, qu'ai-je encor à souffrir ?...
          (il arrache l'appareil de ses blessures).
Quand Paris est perdu, je n'ai plus qu'à mourir.

LIONNEL.

A ma tendre amitié ce moment est contraire.
Ma présence au combat sans doute nécessaire,
M'oblige à vous quitter... ; mais, mon cher Général,
Les Français me pairont ce qu'ils vous font de mal.

TALBOT.

Saine et froide raison, divinité sublime !...
De la sottise, hélas ! tu me vois la victime.
Elle rend le courage au Français abattu,
Qui veut bien l'honorer du saint nom de vertu...,
Si j'avais succombé par la valeur des armes !...
Le trépas, pour Talbot, aurait encor des charmes.

LIONNEL.

O grand Talbot ! adieu : tôt ou tard nous mourons ;

Il est une autre vie où nous nous reverrons.
Je me rends à présent au destin qui m'appelle....
Il peut bien être aussi fatal à la Pucelle !....
Je ne sais entre nous ce que voudra le sort ;
Mais s'il permet, enfin, que j'échappe à la mort,
Comptez sur moi, Talbot, pour sauver la mémoire
Du héros qui mourut dans les champs de la gloire.

(il part avec les soldats restés auprès de Talbot).

SCENE III.

TALBOT, FASTOLF.

TALBOT.

En vain je formerais des désirs superflus......
Encor quelques instans et je ne serai plus......
Le courageux Talbot, qui remplissait le monde
De sa valeur terrible, en exploits si féconde,
Rentré dans le chaos, va rendre aux élémens
Les atômes divers qui composaient ses sens....
Quand finissent ainsi le grand, le misérable,
La vie est-elle donc un bien si désirable.

SCENE IV.

CHARLES, le duc de BOURGOGNE, DUNOIS, DU-
CHATEL, TALBOT, FASTOLF, Soldats français.

BOURGOGNE.

Sire, nous l'emportons !

DUNOIS.

La journée est à nous !....
Les ennemis, enfin, succombent sous nos coups.

CHARLES *(jetant les yeux sur Talbot).*

Voyez qui près d'ici termine sa carrière ?....
S'il en est encor temps, rendons le à la lumière.

Si je puis en juger aux armes, au bouclier,
Ce doit être, Seigneurs, quelque grand chevalier.
(*des soldats s'avancent vers Talbot*).

FASTOLF (*croisant les soldats et s'adressant au Roi*).
N'étendez pas si loin votre sollicitude ;
Il se meurt. (*aux soldats*) Respectez sa triste solitude.

BOURGOGNE (*s'avançant vers Talbot*).
C'est Talbot dans son sang !....

FASTOLF (*à Bourgogne*).
Viens-tu braver les morts ?....
Tu devrais succomber sous le poids des remorts !...
(*Talbot jette un regard foudroyant sur Bourgogne,
ses nerfs se roidissent, et il meurt*).

DUNOIS (*à Charles*).
A présent, comme Roi, vraiment, je vous salue !....
Talbot est mort !!!!... Oh ! non, personne n'évalue
Plus que Dunois le bras de ce brave guerrier !...
De combien de Français fut-il le meurtrier !....

DUCHATEL.
De la France naguère embrassant la conquête,
Talbot, le grand Talbot repose ici sa tête !....
Et pour humilier ce fier spoliateur,
Dieu permit qu'une femme en fût le destructeur.

CHARLES (*avec une profonde réflexion*).
J'admire ce héros étendu sur la terre :
Son regard menaçant me fait encor la guerre...
Il voulut me détruire, et je veux l'honorer !...
(*à Duchâtel*).
J'ordonne qu'aussi loin qu'il a pu pénétrer,
Un digne monument consacre ses conquêtes !...

FASTOLF (*offrant son épée*).
Sire, c'est adoucir le mal de nos défaites,

CHARLES (*lui rendant son épée*).

Je ne sais point user d'un semblable pouvoir ;
Et, libre, envers Talbot remplissez le devoir
D'un pieux chevalier.

(*on enlève Talbot que Fastolf accompagne*).

SCENE V.

CHARLES, le duc de BOURGOGNE, DUNOIS,
LAHIRE, DUCHATEL, Soldats français.

CHARLES (*à Lahire*).
Lahire, et la Pucelle?....

LAHIRE.

Sire, je vous laissai combattant avec elle.

DUNOIS.

Quand des flots d'ennemis précipitant leur cours
Se dirigeaient sur vous, pour vous donner secours,
Sire, je la quittai.

DUCHATEL
C'est au champ de bataille
Qu'il nous la faut chercher.

BOURGOGNE (*regardant du côté de la ville*).
Elle est sous la muraille
De la ville du sacre, et combat Lionnel.

(*Tous les acteurs se dirigent sous les murs de Reims ;
ils arrivent pour voir fuir Lionnel que Jeanne ne
poursuit point. Elle salue le Roi qui entre avec
elle et sa suite dans la ville de Reims, aux accla-
mations du peuple. Jeanne revient bientôt sur ses
pas. Elle gagne le devant de la Scène à pas lents :
son air est melancolique*).

SCENE VI.

JEANNE (seule).

(elle parcourt la Scène plusieurs fois. A sa mélanco-
lie succède le plus grand trouble. Le ciel est cou-
vert).

Mais d'où me vient ce trouble en ce jour solennel !...
Quel est ce changement, et pourquoi donc mon ame
Ne brûle t'elle plus de la céleste flamme?....
Jamais je ne formai de coupable projet.....
Je consulte mon cœur.... ; j'en cherche le sujet....
Vierge pure et sacrée !... ô toi qui fis ma gloire....
Toi qui guidas mes pas aux champs de la victoire....
A tes pieds, Jeanne d'Arc te prie avec ferveur !...
Viens lui porter secours !... viens éclairer son cœur !...

(on entend un coup de tonnerre prolongé, et un
nuage lumineux se montre à Jeanne).

Je sens par tes bienfaits descendre en moi la grâce,
Et je vois trop que j'ai mérité ma disgrâce....
Oui, mon cœur, ô mon Dieu ! mon cœur fut criminel...
Il fut saisi d'amour en voyant Lionnel !...
Mais Charles, ce bon Roi, la malheureuse France,
Perdraient ils donc, par moi, ta divine assistance.
Ah ! ne les punis point, ô mon Dieu, de mes torts ;
Tu vois mon repentir, pardonne à mes remords....

(On entend une musique douce et harmonieuse. Le
ciel devient serein : le nuage lumineux s'éclipse
lentement. Jeanne en tire l'augure de son pardon,
et sa joie se manifeste par des mouvemens d'humilité et d'adoration. Des cris de guerre succèdent et
Jeanne quitte la Scène. On entend des cliquetis
d'armes. Des soldats anglais traversent le théâtre,
poursuivis par des soldats français. Plusieurs of-

ficiers anglais fuient devant le duc de Bourgogne,
Dunois et Lahire. Jeanne s'attache à Lionnel
qu'elle poursuit vivement en le menaçant. Quel-
ques instans après, Agnès arrive sur la Scène,
où l'on entend des cris de victoire).

SCENE VII.

AGNÈS (*suivie de deux valets*).

Enfin j'arrive à Reims , où mon amour m'emporte.
Pleine d'un doux espoir , le plaisir me transporte !....

(*on entend des cris redoublés de victoire*).

La victoire à mon cœur dévoila son secret.
Le mirte et le laurier couronnent Charles sept !....

SCENE VIII.

AGNÈS, JEANNE D'ARC.

AGNÈS.

Eh bien ! fille de Dieu , par ta main protectrice,
Charles va donc jouir d'un destin plus propice ;
Et la France , naguère en proie à la douleur,
Va devoir à ton bras la paix et le bonheur !
Ah ! le mien est parfait ! au comble de l'ivresse,
Je ne puis témoigner toute mon alégresse !.....
Mais , toi , toujours modeste au milieu des honneurs,
A peine prends-tu garde aux vœux de tous les cœurs.
La paix va ramener un état plus tranquille ,
Et Charles à la cour fixera ton asile,
Tu frapperas les yeux de mille chevaliers !
Mais Lahire, Dunois , ont parlé les premiers.......

(*se retournant du côté de la ville de Reims*).

Et je vois chacun d'eux , à son amour en proie,
Cherchant d'Arc, le cœur plein d'espérance et de joie.

SCENE IX.

AGNÈS, JEANNE D'ARC, DUCHATEL (qu'on n'a-
vait pu apercevoir).

AGNÈS.

Ah ! voici Duchâtel.

DUCHATEL.

Madame, auprès de vous
J'allais pour m'acquitter du devoir le plus doux ;
Oui, Charles, au milieu de la gloire et des armes,
Pensant à son amour, à calmer vos alarmes,
M'avait chargé d'aller à mon premier moment...
Mais vous avez tous deux le même empressement !...

AGNÈS.

Jusqu'à ce point, pour moi, quand le Roi s'intéresse,
Il est bien juste aussi que pour lui je m'empresse.

SCENE X.

AGNÈS, JEANNE D'ARC, DUCHATEL, DUNOIS,
LAHIRE.

DUNOIS (à Agnès).

Madame, à l'heur du Roi, dans ce jour solennel,
Il ne manque plus rien, quand j'aperçois Sorel.

(à Jeanne, en désignant Lahire).

Jeanne, nous te cherchons ; pour le sacre on s'apprête ;
Et tu dois assister à cette auguste fête.
Avec toute raison, le Roi veut devant lui
Que marche Jeanne d'Arc, son redoutable appui.
Allez, nous a t'il dit, porter cette nouvelle,
Et tâchez de fléchir le cœur de la Pucelle.
Je le répète, ô d'Arc !... je mets tout mon bonheur
A te voir accepter, et ma main, et mon cœur.
Etranger aux discours de la galanterie,
Dunois ne connaît point l'art, ni la flatterie.....

Mais, j'en jure, tu peux t'en remettre à sa foi.
Eh! qui pourrais-je aimer, Jeanne, si ce n'est toi!
Je ne prise rien tant, rien n'a pour moi des charmes,
Que la vertu, l'honneur et la gloire des armes....
Tu possèdes ces dons que recherche mon cœur!...
Si j'ai quelque mérite, unis-le à ta valeur!!!...

LAHIRE.

Jeanne, tu sais aussi que pour toi je soupire!...
Que le Roi me permet de pouvoir te le dire.
Enfin, qu'il t'a laissé libre de faire un choix....
Je sais que je dois craindre auprès du grand Dunois,
Le plus preux de nos preux, d'entrer en concurrence;
Mais l'amour est aveugle et me donne espérance.
Oui, je mourrais plutôt qu'à toi de renoncer!
Mais le Roi l'a voulu : d'Arc, tu vas prononcer....

    (*Jeanne, pendant ces aveux, paraît agitée, et
       garde un morne silence*).

AGNÈS.

Jeanne, contre l'amour toujours sur la défense!...
Les vœux de ces guerriers te feraient ils offense?....
Il n'est point à la cour de plus grand chevalier,
Avec qui Jeanne pût dignement s'allier....
Du Roi, tous deux amis, ils ont, par leur vaillance,
Avec toi mérité de former alliance.

    (*à Jeanne à part*).

Mais comment leur amour ne peut-il te charmer?...
J'en juge par mon cœur; il est si doux d'aimer!....
Ils montrent tous les deux une extrême tendresse!...

JEANNE (*à part à Sorel*).

De mon destin, Sorel, je ne suis pas maîtresse.

SOREL (*à Jeanne à part*).

Ne pas te décider, c'est offenser le Roi
Qui t'honore et chérit, veut tout faire pour toi!...

DUNOIS.

Jeanne, prononce donc.

LAHIRE.

O Jeanne, qui m'est chère !...
Dis-nous, Jeanne, dis-nous lequel ton cœur préfère.

JEANNE (*en inspiration*).

Entre vous, Chevaliers, je ne puis faire un choix.
Le ciel fixe mon sort : j'obéis à sa voix !....
Mais vous étiez venus d'après l'ordre du Prince....

SCENE XI.

Les précédens, un Page.

LE PAGE.

Ah ! Seigneurs, hâtez-vous !... les Chefs de la province,
Le Clergé, tous les Grands, se rendent chez le Roi.

AGNÈS.

Peut-il être quelqu'un de plus heureux que moi !...

SCENE XII ET DERNIÈRE.

(Le Théâtre représente le lieu de la cérémonie du Sacre. Le Roi arrive avec tout le cortège. Il est précédé par Jeanne, qui porte son drapeau blanc. Arrivé au pied de l'Autel, le Roi s'incline, et reçoit la couronne des mains de l'Archevêque).

CHARLES, l'Archevêque, JEANNE D'ARC, le duc de BOURGOGNE, DUNOIS, LAHIRE, DUCHATEL, CHATILLON, RAOUL, les trois Echevins d'Orléans, les Seigneurs composant la cour de CHARLES, les Chefs de la province, le Clergé ; AGNÈS SOREL et deux Dames de la Cour paraissent dans une tribune, les Soldats mêlés avec le Peuple.

L'ARCHEVÊQUE (*plaçant la couronne sur la tête de Charles qui s'incline*).

Prince, de l'Eternel recevez la couronne !...

*(Charles se relève, et va se placer sur le Trône;
l'Archevêque continue).*

Si Dieu vous arrêta sur les marches du trône,
C'est pour donner exemple à tous les souverains ,
Que, malgré tous leurs droits, le sceptre est en ses mains!
Le ciel, donnant aux Rois la suprême puissance,
Les charge, par ce don de grande confiance ,
Du commun des mortels d'assurer le bonheur.
Ce désir doit toujours animer leur grand cœur.
Les Rois sont du Très-Haut ministres sur la terre !....
Si leur choix est le soin du maître du tonnerre,
De même un souverain , sur un pareil sujet,
Doit faire de ce point son principal objet.
Le choix au ministère en but à tant de brigue ,
Par malheur, quand il n'est que le fruit de l'intrigue,
Fait la honte du chef, du peuple la douleur !...
Un ministre orgueilleux ne voit que sa grandeur ;
Un ministre inhabile est entouré d'ignares.
L'ambitieux voudra des êtres plus avares ;
L'immoral ne tendra qu'à remplir ses désirs.
L'insouciant s'enferme , ou vole à ses plaisirs.
L'athée, enfin , en proie à sa fausse morale,
Sacrifiant l'Etat au but de sa cabale ,
Plongeant les citoyens dans sa fatale erreur,
Prépare mille maux qui doivent faire horreur !....
Le mal d'un choix léger s'étendant à tout grade,
Vient aux derniers emplois de cascade en cascade,
Il gagne ainsi la foule, et toujours grossissant,
Porte la mort au chef alors trop impuissant....
Peuple qui m'écoutez , cessez de vous contraindre,
Pour vous ces maux affreux ne seront point à craindre:
Le Roi, Charles le Bon, est trop aimé de Dieu!...
Jeanne, son envoyée, et présente en ce lieu,
Qui de ses ennemis a délivré la France,

Ne put en triompher que par son assistance !...
Qui de cette journée aurait pu concevoir
L'instant si près : Dieu seul en avait le pouvoir....
C'est la Divinité qui protège la France !...
En sa miséricorde ayons tous confiance....
De votre Souverain entendez le serment.

CHARLES (*s'avançant sur un côté de l'autel*).

(*tournant ses regards*   (*se retournant vers*
vers le peuple*).   *l'autel*).

Je promets ;   jure à Dieu de faire constamment
Le bonheur des Français.... Je jure aussi de vivre
Dans sa religion, et de la faire suivre !...

LE PEUPLE s'écrie :
Vive, vive le Roi !... vive Charles le Bon !...

CHARLES (*à Jeanne d'Arc*).
Et vive Jeanne d'Arc !...

JEANNE (*en inspiration*).
Sire, ma mission
Est à présent finie.... Une voix qui m'appelle
Me dit : Tu vas quitter ta dépouille mortelle !...

(*elle laisse aller son drapeau qui tombe à ses pieds :*
elle tombe sur son drapeau. Un nuage lumineux
descend sur Jeanne d'Arc ; il entoure l'autel et re-
gagne la voûte céleste. Le corps de Jeanne d'Arc
disparaît).

L'ARCHEVÊQUE (*après que le nuage s'est élevé et qu'il*
est prêt à disparaître).

Je vous l'avais bien dit.... c'est un Ange du ciel
Qui va reprendre place auprès de l'Eternel.

FIN.

www.ingramcontent.com/pod-product-compliance
Lightning Source LLC
Chambersburg PA
CBHW070821260626

47161CB00006B/2366

* 9 7 8 2 0 1 4 5 0 0 7 6 9 *